FERNAND BRAUDEL

Bebidas y excitantes

Alianza Editorial

Diseño de cubierta: Ángel Uriarte
Traducción de Isabel Pérez-Villanueva

Calle J. I. Luca de Tena, 15, 28027 Madrid; teléf. 741 66 00
ISBN: 84-206-4624-5
Depósito legal: M. 3232-1994
Impreso en Impresos y Revistas, S.A.
Printed in Spain

Para hacer una historia de las bebidas, aunque sea breve, hay que referirse a las antiguas y a las nuevas, a las populares y a las refinadas, con las modificaciones que se fueron introduciendo al pasar el tiempo. Las bebidas no son sólo alimentos. Desempeñan, desde siempre, un papel de estimulantes, de instrumentos de evasión; a veces, como ocurre entre ciertas tribus indias, la embriaguez llega incluso a ser un medio de comunicación con lo sobrenatural. Sea como fuere, el alcoholismo no dejó de aumentar en Europa durante los siglos que nos ocupan. Posteriormente se le añadieron excitantes exóticos: té, café, y ese estimulante inclasificable, ni alimento ni bebida, que es el tabaco en todas sus formas.

El agua

Paradójicamente, hay que empezar por el agua. No siempre se dispone de todo el agua que se necesita, y a pesar de los consejos concretos de los médicos que pretenden que determinada agua es preferible a otra según las enfermedades, hay que contentarse con la que se tiene al alcance de la mano: agua de lluvia, de río, de fuente, de cisterna, de pozo, de barril o del recipiente de cobre donde la previsión exige conservarla en toda casa prudente. Casos extremos: el agua de mar que se destila en los presidios españoles del norte de África, en el siglo XVI, con alambiques; si no, habría que llevarla de España o de Italia. Caso desesperado el de esos viajeros, en el Congo de 1648, hambrientos, rendidos de cansancio, que duermen en el mismo suelo y que se ven obligados a «beber un agua [que] parecía orina de caballo». Otro tormento: el agua dulce en los barcos. Mantenerla potable es un problema sin solución, a pesar de tantas recetas y secretos celosamente conservados.

Por lo demás, hay ciudades enteras que, aunque extremadamente ricas, se encuentran mal abastecidas de agua; tal es el caso de Venecia, cuyos pozos, tanto en las plazas públicas como en los patios de los palacios, no profundizan como podría creerse hasta la capa freática del subsuelo de la laguna, sino que se trata de cisternas llenas hasta la mitad de arena fina a través de la cual se filtra y se decanta el agua de lluvia, que más tarde brota en un pozo excavado en su centro. Si deja de llover varias semanas, como ocurrió durante la estancia de Stendhal, se secan los aljibes. Si hay temporal, se llenan de agua salada. Resultan insuficientes en tiempo normal para la enorme población de la ciudad. Hay que llevar, y así se hace, el agua dulce de fuera, no mediante acueductos, sino en barcos que se llenan en el Brenta y que llegan diariamente a los canales de Venecia. Estos *acquaroli* del río forman incluso un gremio autónomo en Venecia. La situación es igualmente desfavorable para todas las ciudades de Holanda, reducidas al uso de cisternas, de pozos sin profundidad suficiente, y del agua dudosa de los canales.

En conjunto, hay pocos acueductos en funcionamiento, siendo justificadamente célebres los de Estambul; el de Segovia, *la puente* (reparada en 1841), de época romana, que maravilla a los visitantes. En Portugal, funcionan en el siglo XVII, lo que constituye casi un récord, los acueductos de Coimbra, de Tomar, de Vila do Conde, de Elvas. En Lisboa, el nuevo acueducto de las Aguas Vivas, construido de 1729 a 1748, transporta el agua a la plaza excéntrica del Rato. Todo el mundo se disputa el agua de esta fuente, a la que los portadores venían a llenar sus tinajas rojas con asas de hierro que transportaban sobre la nuca. Lógicamente, la primera decisión de Martín V al reocupar el Vaticano después del Gran Cisma, fue restaurar uno de los acueductos destruidos de Roma. Más tarde, a finales del siglo XVI, fue necesario, para abastecer a la gran ciudad, construir dos nuevos acueductos, el *aqua Felice* y el *aqua Paola*. En Génova, las Fuentes se alimentan, en su mayor parte, con el acueducto de la Scuffara, cuyo agua hace girar las ruedas de los molinos del interior de la ciudad y se reparte después entre los diversos barrios de la población. Manantiales y cisternas alimentan la parte oeste. En París, el acueducto de Belleville fue reparado en 1457; junto con el de Pré-Saint-Gervais, abasteció a la ciudad hasta el siglo XVII; el de Arcueil, reconstruido por María de Médicis, llevaba el agua de Rungis hasta el Luxemburgo. A veces, grandes ruedas hidráulicas elevaban el agua de los ríos para el abastecimiento de las ciudades (Toledo, 1526; Augsburgo, 1548) y, con ese fin, impulsaban poderosas bombas aspirantes e impelentes. La bomba de la Samaritaine, construida de 1603 a 1608, suministraba 700 m^3 de agua del Sena que redistribuía al Louvre y a las Tullerías; en 1670, las bombas del puente Notre-Dame suministraban 2.000 $m.^3$ del mismo origen. El agua de los acueductos y de las bombas se redistribuía más tarde a través de las canalizaciones de barro (como en tiempos de Roma), o de madera (troncos de árboles vaciados y ajustados unos con otros; así se hizo en el norte de Italia desde el siglo XIV; en Breslau desde 1471), o incluso de plomo, pero la cañería de plomo, que ya se señala en Inglaterra en 1236, tuvo un uso muy limitado. En 1770, el agua del Támesis, «que no es nada buena», llega a todas las casas londinenses por canalizaciones de madera subterránea, pero de una forma que no coincide con la idea que nosotros tenemos del agua corriente: «se distribuye regularmente tres veces por semana, a prorrata del consumo de cada casa [...] se coge y se conserva en grandes barricas enarcadas con hierro».

En París, el gran proveedor continúa siendo el propio Sena. A su agua, vendida por los aguadores, se le atribuyen todas las cualidades: la de facilitar la navegación, aunque esto no interesa a los bebedores, al ser fangosa y por consiguiente pesada (característica observada por un enviado portugués, en 1641); la de ser excelente para la salud, cualidad que se puede poner en duda con toda legitimidad. «En el brazo del río que baña el *quai* Pelletier y entre los dos puentes, dice un testigo (1771), numerosos tintoreros vierten sus tintas tres veces a la semana. [...] El arco que compone el *quai* de Gêvres es un lugar pestilente. Toda esta parte de la ciudad bebe un agua infecta.» Sin embargo, pronto se puso remedio a esta situación. Y con todo, más valía el agua del Sena que la de los pozos de la orilla izquierda, que no estaban protegidos contra peligrosas infiltraciones y con la que los panaderos hacían el pan. Este agua del río, de naturaleza laxante, resultaba sin duda «incómoda para los extranjeros», pero podían añadirle unas gotas de vinagre, comprar agua filtrada y «mejorada», como el agua llamada del Rey, o también ese agua, mejor que todas las demás, llamada de Bristol, «que es mucho más cara todavía». Se ignoraron todos estos refinamientos hasta cerca de 1760: «Se bebía el agua [del Sena] sin excesivos remilgos.»

Este abastecimiento de agua, en París, permitía malvivir a 20.000 aguadores que transportaban todos los días una treintena de *voies* (es decir, dos cubos a la vez) hasta los pisos más altos (a dos sueldos la *voie*). Constituyó pues una verdadera revolución la instalación en Chaillot, hacia 1782, por los hermanos Petrier, de dos bombas, «máquinas muy curiosas» que elevaban el agua «por el simple efecto del vapor de agua en ebullición» a 110 pies desde el nivel más bajo del Sena. Se imitaba así a Londres, que desde hacía muchos años tenía nueve bombas de este tipo. El barrio de Saint-Honoré, el más rico, por tanto el más capaz de pagar este progreso, será el primero en utilizar este adelanto. Pero cunde la inquietud: si se multiplican estas máquinas, ¿qué va a ser de los 20.000 aguadores? Y además la empresa acabó pronto en escándalo financiero (1788). ¡Poco importa! En el siglo XVIII el problema de las conducciones de agua potable se plantea claramente, se entrevén las soluciones, a veces se llevan a la práctica. Y no sólo en las capitales. El proyecto para la ciudad de Ulm (1713) prueba lo contrario.

A pesar de todo, el proyecto es tardío. Hasta entonces, en todas las ciudades del mundo se imponían los servicios del aguador. En Valladolid, el viajero portugués del que ya hemos hablado, alaba, en tiempos de Felipe III, el excelente agua que se vende en bellas vasijas o en cántaros de barro, de todas las formas y de todos los colores. En China, el aguador utiliza, al igual que en París, dos cubos cuyo peso se equilibra, colgados de los dos extremos de una pértiga. Pero un dibujo de 1800 pone de manifiesto la existencia, también en Pekín, de un gran tonel sobre ruedas, con una piquera en la parte de atrás. Hacia la misma época, un grabado explica «la forma que tienen las mujeres de llevar el agua en Egipto», en dos jarras que recuerdan las antiguas ánforas: una grande encima de la cabeza que sostienen con la mano izquierda, y una pequeña apoyada en la palma de la mano derecha, con el codo flexionado en un gesto elegante. En Estambul, la obligación religiosa de numerosas abluciones diarias con agua *corriente* multiplicó en todas partes el número de fuentes. En esta ciudad se bebía sin duda agua más pura que en otras partes. Quizá sea ésta la razón por la que todavía hoy los turcos tienen a gala saber reconocer el sabor de los diferentes manantiales, al igual que un francés se enorgullece de distinguir las diferentes cosechas de vino.

Los chinos, por su parte, no sólo atribuyen al agua virtudes diferentes según su origen: agua de lluvia corriente, agua de lluvia de tormenta (peligrosa), agua de lluvia caída a comienzos de la primavera (benéfica), agua procedente del deshielo del granizo o de la escarcha invernal, agua recogida en las cavernas con estalactitas (suprema medicina), agua de río, de manantial, sino que hablan de los peligros de la polución y de la utilidad de hervir todo agua sospechosa. En China, además, no se beben más que bebidas calientes y esta costumbre (hay incluso vendedores de agua hirviendo en las calles) ha contribuido considerablemente a mantener la salud de las poblaciones chinas.

En Estambul, por el contrario, se vende agua de nieve muy barata por las calles, en verano. El portugués Bartolomé Pinheiro da Veiga se maravilla de que en Valladolid, a principios del siglo XVII, se puede uno también deleitar por un precio módico, durante los meses de calor, con «agua fría y fruta helada». Pero la mayor parte de las veces, el agua de nieve es un gran lujo, reservado a los muy ricos. Éste es, por ejemplo, el caso de Francia, que sólo se aficionó a ella después de una bufonada de Enrique III. Y en las riberas del Mediterráneo, donde los barcos cargados de nieve realizan a veces viajes bastante largos. Los caballeros de Malta, por ejemplo, se hacen abastecer desde Nápoles, y en una de sus solicitudes, en 1754, afirman que morirían de no tener, para cortar sus fiebres, «este soberano remedio...».

Al hablar de vino, hay que referirse a toda Europa, si se trata de quien lo bebe, y a una parte de Europa tan sólo si se trata de quien lo produce. Aunque la vid (no el vino) tuvo éxito en Asia, en África, y más aún en el Nuevo Mundo, en el que se impuso apasionadamente el ejemplo obsesivo de Europa, tan sólo cuenta este último y exiguo continente.

La Europa productora de vino está formada por el conjunto de los países mediterráneos, más una zona que consiguió incorporar la perseverancia de los viticultores hacia el Norte. Como dice Bodino, «más allá, la vid no puede crecer allende los 49 grados por el frío». Una línea trazada desde la desembocadura del Loira, sobre el Atlántico, hasta Crimea y más allá hasta Georgia y Transcaucasia, señala el límite norte del cultivo *comercial* de la vid, es decir, una de las grandes articulaciones de la vida económica de Europa y de sus prolongaciones hacia el Este. A la altura de Crimea, el espesor de esta Europa vinícola se reduce a una estrecha franja, que además no recuperará fuerza y vigor hasta el siglo XIX. Se trata, no obstante, de una implantación muy vieja. Durante la Antigüedad, en estas latitudes se enterraban las cepas, en vísperas del invierno, para protegerlas de los vientos fríos de Ucrania.

Fuera de Europa, el vino ha seguido a los europeos. Se realizaron verdaderas hazañas para aclimatar la vid en México, en Perú, en Chile en 1541, en Argentina a partir de la segunda fundación de Buenos Aires, en 1580. En

Perú, a causa de la proximidad de Lima, ciudad riquísima, la vid prospera pronto en los valles próximos, cálidos y malsanos. Se desarrolla todavía mejor en Chile, donde se encuentra favorecida por la tierra y el clima: la vid brota ya entre las «cuadras», las primeras manzanas de casas de la naciente ciudad de Santiago. En 1578, en las costas de Valparaíso, Drake se apoderó de un barco cargado de vino chileno. Ese mismo vino llegó a lomo de mulas o de llamas a lo alto del Potosí. En California, hubo que esperar al final del siglo XVII y, en el siglo XVIII, al último avance hacia el Norte del Imperio español.

Pero los éxitos más impresionantes tuvieron lugar en pleno Atlántico, entre el Viejo y el Nuevo Mundo, en las islas (a la vez nuevas Europas y Pre-Américas) a la cabeza de las cuales se sitúa Madeira, donde el vino tinto va sustituyendo progresivamente al azúcar; después en las Azores, donde el comercio internacional encontraba a mitad de viaje vinos de un alto grado alcohólico y que sustituyeron ventajosamente, al intervenir la política (el tratado de lord Methuen con Portugal es de 1704), a los vinos franceses de La Rochelle y de Burdeos; en Canarias, por último, concretamente en Tenerife, desde donde se exportó en grandes cantidades vino blanco hacia la América anglosajona o ibérica, e incluso a Inglaterra.

Hacia el sur y el este de Europa, la vid tropieza con el pertinaz obstáculo del Islam. Bien es verdad que en los espacios que éste controla persistió el cultivo de la vid y el vino demostró ser un infatigable viajero clandestino. En Estambul, cerca del Arsenal, los taberneros lo servían diariamente a los marineros griegos, y Selim, el hijo de Solimán el Magnífico, apreció en exceso el vino generoso de Chipre. En Persia (donde los capuchinos tenían parras cuyos vinos no se dedicaban exclusivamente a la misa), eran afamados y contaban con clientes fieles los vinos de Chiraz y de Ispahán. Llegaban hasta las Indias en enormes garrafas de cristal, cubiertas de mimbre y fabricadas en el propio Ispahán. Fue una pena que los grandes Mogoles, sucesores apartir de 1526 de los sultanes de Delhi, no se contentaran con estos vinos fuertes de Persia, y se entregaran al alcohol de arroz, al araj.

Europa resume, pues, por sí sola los rasgos esenciales del problema del vino, y conviene volver al límite norte de la vid, a esa larga articulación del Loira a Crimea. Por un lado, campesinos productores y consumidores habituados al vino local, a sus traiciones y a sus ventajas; por otro, grandes clientes, bebedores no siempre experimentados pero exigentes, que preferían por lo general vinos de muchos grados: así por ejemplo, los ingleses dieron fama, muy pronto, a las malvasías, vinos dulces de Candia y de las islas griegas. Pusieron de moda después los vinos de Oporto, de Málaga, de Madeira, de Jerez y Marsala, vinos célebres, con muchos grados. Los holandeses aseguraron el éxito de todo tipo de aguardientes a partir del siglo XVII. Había, pues, paladares y gustos particulares. El Sur contempla con socarronería a estos bebedores del Norte que, desde su punto de vista, no saben beber y vacían el vaso de un solo trago. Jean d'Auton, cronista de Luis XII, asiste a la escena de los soldados alemanes poniéndose bruscamente a beber *(trinken)* en el saqueo del castillo de Forli. Y todo el mundo pudo verlos desfondando toneles de vino, completamente borrachos poco después, durante el terrible saqueo de Roma, en 1527. En los grabados alemanes de los siglos XVI y XVII que representan fiestas campesinas, casi nunca falta el espectáculo de uno de los comensales vuelto de espaldas, para vomitar el exceso de sus libaciones. Félix Platter, ciudadano de Basilea que residía en Montpellier en 1556, reconoce que «todos los borrachos de la ciudad» son alemanes. Se les encuentra roncando bajo los toneles, víctimas de reiteradas bromas.

El fuerte consumo del Norte determinó un gran comercio procedente del Sur: por mar, desde Sevilla, y desde toda Andalucía, a Inglaterra y Flandes; o lo largo del Dordoña y del Garona hacia Burdeos y la Gironde; a partir de La Rochelle o del estuario del Loira; a lo largo del Yonne, de Borgoña hacia París y, más allá, hasta Ruán; a lo largo del Rin; a través de los Alpes (después de cada vendimia, los grandes carruajes alemanes, los *carretoni,* como dicen los italianos, iban a buscar los vinos nuevos del Tirol, de Brescia, de Vicenza, de Friul y de Istria); de Moravia y de Hungría hacia Polonia; luego, por los caminos del Báltico, desde Portugal, España y Francia hasta San Petersburgo, para saciar la sed violenta, pero inexperta, de los rusos. Claro está que no es toda la población del Norte europeo quien bebe vino, sino los ricos. Un burgués o un religioso prebendado de Flandes desde el siglo XIII; un noble de Polonia, en el siglo XVI, que tendría la sensación de rebajarse si se contentara, como sus campesinos, con la cerveza destilada en sus dominios. Cuando Bayard, prisionero en los Países Bajos en 1513, tuvo mesa franca, el vino era tan caro que «un día gastó veinte escudos en vino».

Así viajaba, por tanto, el vino nuevo, esperado con ansia, saludado por doquier con alegría. Ya que de un año para otro el vino se conservaba mal, se picaba, y las técnicas de trasiego, de embotellado, así como el uso regular de tapones de corcho no se conocían aún en el siglo XVI ni quizá incluso en el XVII. Tan es así que, hacia 1500, un tonel de viejo burdeos no valía más que 6 libras mientras que un tonel de buen vino nuevo valía 50. En el siglo XVIII, por el contrario, se había avanzado mucho en este sentido, y, en Londres, la recogida de viejas botellas vacías, para entregárselas a los comerciantes de vino, era una de las actividades lucrativas del hampa de la ciudad. No obstante, hacía ya mucho tiempo que el vino se transportaba en toneles de madera (de duelas juntas y enarcadas), y no ya en ánforas como antaño, en tiempos de Roma (aunque seguía habiendo, en algunos lugares, supervivencias arraigadas). Estos toneles (inventados en la Galia romana) no siempre conservaban bien el vino. No hay que comprar, aconseja el duque de Mondéjar a Carlos V, el 2 de diciembre de 1539, grandes cantidades de vino para la flota. Si «han de transformarse por sí mismos en vinagre, más vale que se queden con ellos sus propietarios y no Vuestra Majestad». Todavía en el siglo XVIII, un diccionario de comercio se asombra de que en tiempos de los romanos se valorara «la cantidad de los vinos» por su «antigüedad», mientras que «en Francia se considera que los vinos se pasan (incluso los de Dijon, de Nuits y de Orléans, los más apropiados para ser conservados) cuando llegan a la 5.ª ó 6.ª hoja» (es decir, año). La *Enciclopedia* dice claramente: «Los vinos de cuatro y cinco hojas que algunas personas alaban tanto son vinos pasados.» Sin embargo, cuando Gui Patin, para celebrar su decanato, reúne a treinta y seis colegas, «Nunca vi reír y beber tanto a gente seria, cuenta. [...] Era el mejor *vino viejo* de Borgoña que había reservado para este banquete.»

Hasta el siglo xviii, la fama de los grandes vinos tarda en afirmarse. El hecho de que algunos sean más conocidos se debe no tanto a sus propias cualidades como a la comodidad de su transporte y, sobre todo, a la proximidad de las vías fluviales o marítimas (tanto el pequeño viñedo de Fontignan en la costa del Languedoc como los grandes viñedos de Andalucía, de Portugal, de Burdeos, o de La Rochelle); o a la proximidad de una gran ciudad: París, por sí sola, absorbe los 100.000 toneles (1698) que producen las cepas de Orléans; los vinos del reino de Nápoles, *greco, latino, mangiaguerra, lacryma christi,* cuentan en sus cercanías con la enorme clientela de esta ciudad y hasta con la de Roma. En cuanto al champaña, la fama del vino blanco espumoso que comienza a fabricarse durante la primera mitad del siglo xviii tardó mucho tiempo en borrarla de las antiguas cosechas de tinto, clarete y blanco. Pero a mediados del siglo xviii lo había conseguido: todas las grandes reservas conocidas en la actualidad estaban ya perfectamente definidas. «Probad, escribe Sébastien Mercier en 1788, los vinos de la Romanée, de Saint-Vivant, de Cîteaux, de Grave, tanto el tinto como el blanco [...] e insistid en el Tokai si lo encontráis, porque se trata, a mi modo de ver, del mejor vino del mundo, y tan sólo los grandes de la tierra tienen el privilegio de beberlo.» El *Dictionnaire de commerce* de Savary, al enumerar, en 1762, todos los vinos de Francia, coloca en la cima los de Champaña y Borgoña. Y cita: «Chablis... Pomar, Chambertin, Beaune, le Cios de Vougeau, Volleney, la Romanée, Nuits, Mursault». Es evidente que el vino, con la diversidad creciente de los caldos, se desarrolla cada vez más como un producto de lujo. En esta misma época (1768), según el *Dictionnaire sentencieux* aparece la expresión: «*sabler le vin de champagne,* expresión de moda entre las personas de categoría para decir apurar precipitadamente».

Pero nos interesa aquí, más que estos refinamientos cuya historia nos arrastraría con facilidad demasiado lejos, los bebedores corrientes cuyo número no ha cesado de crecer. Con el siglo XVI, el alcoholismo aumentó por doquier: así por ejemplo en Valladolid, donde el consumo, a mediados de siglo, llegó a 100 litros por persona y año; en Venecia, donde la Señoría se vio obligada, en 1598, a castigar de nuevo con rigor el alcoholismo público; en Francia, donde Laffemas, a principios del siglo XVII, se mostraba terminante sobre este punto. Ahora bien, esta extendida embriaguez de las ciudades nunca exige vino de calidad; en los viñedos abastecedores se incrementó el cultivo de cepas vulgares de gran rendimiento. En el siglo XVIII, el movimiento se extendió incluso al campo (donde las tabernas arruinaban a los campesinos) y se acentuó en las ciudades. El consumo masivo se generalizó. Es el momento en que aparecen triunfalmente las *guinguettes* a las puertas de París, fuera del recinto de la ciudad, allí donde el vino no pagaba las *ayudas,* impuesto de «cuatro sueldos de entrada por una botella que intrínsecamente sólo vale tres...».

> Pequeños burgueses, artesanos y mozas,
> Salid todos de París y corred a las *guinguettes*
> Donde conseguiréis cuatro pintas al precio de dos
> Sobre mesas de madera y sin mantel ni servilletas,
> Tanto beberéis en estas báquicas quintas
> Que el vino se os saldrá por las orejas.

Este prospecto para pobres, al pie de un grabado de la época, no es falaz. De ahí el éxito de las ventas de los arrabales, entre las que figuraba la célebre Courtille, cerca de la «barrera» de Belleville, fundada por un tal Ramponeau, «cuyo nombre es mil veces más conocido por la multitud que los de Voltaire o Buffon», según dice un contemporáneo. O el «famoso salón del populacho», en Vaugirard, donde hombres y mujeres bailan descalzos, entre el polvo y el ruido. «Cuando Vaugirard está lleno, [la] gente [los domingos] afluye hacia el Petit Gentilly, los Porcherons y la Courtille: al día siguiente se ven, en los comercios de vino, docenas de toneles vacíos. Esta gente bebe para ocho días». También en Madrid, «fuera de la ciudad, se bebe buen vino a bajo precio, al no pagarse los derechos que suben más que el precio del vino».

¿Embriaguez, lujo del vino? Aleguemos circunstancias atenuantes. El consumo en París, en vísperas de la Revolución, es del orden de 120 litros por persona y año, cantidad que no es, en sí misma, escandalosa. En realidad, el vino se convirtió en una mercancía barata, en particular el vino de baja calidad. Su precio bajaba incluso, relativamente, cada vez que el trigo se encarecía en exceso. ¿Quiere esto decir, como sostiene un historiador optimista, Witold Kula, que el vino ha podido ser una compensación (como el alcohol), es decir, calorías a bajo precio, siempre que faltaba el pan? ¿O tan sólo que, al vaciarse los bolsillos por los altos precios en época de hambre, el vino, menos solicitado, bajaba forzosamente de precio? En cualquier caso, no se debe juzgar el nivel de vida por estos aparentes derroches. Y debe pensarse que el vino, independientemente de las calorías, supone a menudo una forma de evadirse, lo que una campesina castellana llama, todavía hoy, «el quitapenas». Es el vino tinto de los dos personajes de Velázquez (Museo de Budapest), o el de color dorado, que parece aún más valioso en las altas copas y los magníficos vasos, panzudos y glaucos, de la pintura holandesa: allí se asocian, para mayor alegría del bebedor, vino, tabaco, mujeres fáciles y la música de aquellos violinistas populares que el siglo XVII puso de moda.

La cerveza

Al referirnos a la cerveza, si no nos remontamos demasiado a los lejanos orígenes de tan antiguo brebaje, estamos nuevamente obligados a hablar de Europa, con la excepción de alguna cerveza de maíz de la que ya hemos tratado incidentalmente al hablar de América, y de la cerveza de mijo que, entre los negros de África, desempeña la función ritual del pan y del vino entre los occidentales. La cerveza, en efecto, se conoce, desde siempre, tanto en la antigua Babilonia como en Egipto. Aparece ya en China a finales del segundo milenio, en la época de los Changs. El Imperio romano, que fue poco aficionado a ella, la encontró sobre todo lejos del Mediterráneo, como por ejemplo en Numancia, sitiada por Escipión en 133 a. de C., y en las Galias. El emperador Juliano el Apóstata (361-363) sólo la bebió una vez y se burló de ella. Pero en Tréveris, en el siglo IV, hay ya barriles de cerveza, que se ha convertido en la bebida de los pobres y de los bárbaros. Está presente en todo el vasto Imperio de Carlomagno y en sus propios palacios, donde los cerveceros se encargaban de fabricar buena cerveza, *cervisam bonam... facere debeant*.

Se puede fabricar tanto a partir del trigo como de la avena, del centeno, del mijo, de la cebada o incluso de la espelta. Nunca se utiliza un solo cereal; hoy, los cerveceros añaden a la cebada germinada (malta), lúpulo y arroz. Pero las recetas de antaño eran muy variadas e incluían amapolas, champiñones, plantas aromáticas, miel, azúcar, hojas de laurel... Los chinos echaban también a sus «vinos» de mijo o de arroz ingredientes aromáticos o incluso medicinales. La utilización del lúpulo, hoy generalizada en Occidente (transmite a la cerveza su sabor amargo y asegura su conservación), parece proceder de los monasterios de los siglos VIII o XI (se menciona por primera vez en el 822); se señala en Alemania en el siglo XII; en los Países Bajos a comienzos del XIV; llega tardíamente a Inglaterra a comienzos del XV, y, como dice un refrán que exagera un poco (el lúpulo estuvo prohibido hasta 1556):

Hops, Reformation, bays and beer
Came into England all in one year.

Instalada fuera de los dominios de la vid, la cerveza predomina sobre todo en la amplia zona de los países del Norte, desde Inglaterra hasta los Países Bajos, Alemania, Bohemia, Polonia y Moscovia. Se fabrica en las ciudades y en los dominios señoriales de Europa central, donde «los cerveceros se muestran por lo general propensos a engañar a su señor». En los señoríos polacos, el campesino llega a consumir diariamente hasta tres litros de cerveza. Como es natural, el reino de la cerveza no tiene, hacia el oeste o el mediodía, límites precisos. Progresa incluso con bastante rapidez hacia el sur, sobre todo en el siglo XVII, con la expansión holandesa. En Burdeos, reino del vino donde se combate con fuerza la implantación de cervecerías, la cerveza importada corre a chorros en las tabernas del barrio de Chartrons, colonizado por los holandeses y otros extranjeros. Más aún, Sevilla, otra capital del vino y también del comercio internacional, cuenta ya con una cervecería en 1542. Hacia el oeste se extiende una zona fronteriza amplia e indecisa, en la que la instalación de cervecerías nunca revistió caracteres revolucionarios. Así en Lorena, donde las vides son mediocres y de producción insegura. Y hasta en París. Para Le

Grand d'Aussy *(La vie privée des Français,* 1782), al ser la cerveza bebida de pobres, su consumo aumentaba en las épocas difíciles; a la inversa, la prosperidad económica transformaba a los bebedores de cerveza en bebedores de vino. Siguen algunos ejemplos tomados del pasado, y añade: «Nosotros mismos hemos visto cómo los desastres de la guerra de los Siete Años (1756-1763) producían efectos semejantes. Ciudades donde hasta entonces sólo se bebía vino, empezaron a consumir cerveza, y yo mismo sé de casos semejantes en Champaña, donde en un solo año se instalaron cuatro cervecerías en una misma ciudad.»

No obstante, entre 1750 y 1780 (la contradicción sólo es aparente, ya que *a largo plazo* este período es económicamente próspero), la cerveza va a ser objeto en París de una larga crisis. El número de cerveceros pasa de 75 a 23, la producción de 75.000 *muids* (un *muid* = 286 litros) a 26.000. Los cerveceros se veían pues forzados, todos los años, a interesarse por la cosecha de manzanas para intentar compensar con la sidra lo que perdían con la cerveza. Desde este punto de vista, la situación no había mejorado en vísperas de la Revolución; el vino continuaba siendo el gran vencedor: de 1781 a 1786, su consumo se elevó en París, a 730.000 hl, cifra anual redondeada, frente a 54.000 de cerveza (es decir, una relación de 1 a 13,5). Pero el dato siguiente confirma la tesis de Le Grand d'Aussy: de 1820 a 1840, en período de dificultades económicas evidentes, la relación, también en París, pasó a ser de 1 a 6,9. Se produjo un progreso relativo de la cerveza.

Pero la cerveza no es sólo característica de la pobreza, como la *small beer* inglesa de fermentación casera que acompañaba a la *cold meat* y al *oat cake* cotidianos. Junto a una cerveza popular muy barata, los Países Bajos conocen desde el siglo XVI una cerveza de lujo, importada de Leipzig para los ricos. En 1687, el embajador francés en Londres envía regularmente al marqués de Seignelay *ale* inglesa, de «la llamada Lambet ale», y no de «la fuerte [cuyo] sabor no gusta nada en Francia, [que] emborracha como el vino y cuesta igual de cara». De Brunschwig y de Bremen, a finales del siglo XVII, se exporta una cerveza de excelente calidad a las Indias orientales. En toda Alemania, en Bohemia, en Polonia, un fuerte auge de la cervecería urbana, que adquiere frecuentemente proporciones industriales, relega a un segundo plano la cerveza ligera, a menudo sin lúpulo, señorial y campesina. Poseemos a este respecto una literatura ingente. La cerveza es, en efecto, objeto de legislación, así como los establecimientos donde se consume. Las ciudades vigilan su confección: en Nuremberg sólo está permitido fabricarla desde el día de San Miguel hasta el domingo de Ramos. Y se imprimen libros para elogiar las cualidades de las cervezas famosas, cuyo número aumenta de año en año. Un libro de Heinrich Knaust, aparecido en 1575, establece la lista de los nombres y apodos de las cervezas célebres y especifica virtudes medicinales que éstas tienen para los bebedores. Pero todas las famas están abocadas a cambiar. En Moscovia, donde todo va con retraso, todavía en 1655 el consumidor se procura la cerveza y el aguardiente en «la cantina pública», al mismo tiempo que compra, para llenar una vez más las arcas de un Estado comerciante y monopolista, el pescado salado, el caviar o las pieles teñidas de negro de los corderos importados de Astrakán y de Persia.

Así hay en todo el mundo millones de bebedores de cerveza. Pero los bebedores de vino de los países vinícolas se burlan de esta bebida del Norte. Un soldado español, que asiste a la batalla de Nordlingen, la desprecia y ni la toca «pues me parece la orina de un rocín que tuviera fiebres». Sin embargo, cinco años después, se arriesga a probarla. Desgraciadamente, lo que bebió durante toda la velada fueron *«potes de purga»*. La pasión por la cerveza, a la que no renunció ni en su retiro de Yuste a pesar de los consejos de su médico italiano, demuestra que Carlos V era flamenco.

La sidra

Digamos únicamente unas palabras sobre la sidra. Es originaria de Vizcaya, de donde proceden los manzanos de sidra. Estos aparecen en el Cotentin y en la campiña de Caen y el país de Auge hacia los siglos XI o XII. Se habla ya de sidra durante el siglo siguiente en estas regiones donde, no lo olvidemos está presente la viña, aunque al norte de su límite «comercial». Pero la introducción de la sidra no perjudicó al vino; hizo la competencia a la cerveza, y con éxito, ya que ésta procede de los cereales, y beberla supone a veces privarse de pan.

Por este motivo, los manzanos y la sidra ganaron terreno. Llegaron a Normandía oriental (bajo Sena y País de Caux) a finales del siglo XV y principios del XVI. En 1484, en los Estados Generales, un representante de la provincia podía decir todavía que la gran diferencia entre la baja y la alta Normandía (la del este), estribaba en que aquélla poseía los manzanos de los que ésta carecía. Por lo demás, en esta alta Normandía la cerveza y sobre todo el vino (como el de los viñedos de los meandros resguardados del Sena) se defendieron bastante bien. La sidra sólo triunfó hacia 1550, y, como era de suponer, para consumo de los pobres. Sus éxitos fueron más evidentes en el bajo Maine, puesto que se convirtió a partir del siglo XV, por lo menos en el suroeste de la provincia, en bebida de ricos, quedando la cerveza como bebida de pobres. En Laval, sin embargo, los ricos resistieron hasta el siglo XVII; antes de ceder, prefirieron durante largo tiempo el vino malo a la sidra, que dejaron para albañiles, mayordomos y doncellas. Quizá la regresión del siglo XVII provocó este pequeño cambio. Naturalmente, Normandía está demasiado cerca de París como para que este éxito de la sidra no afectara a la capital. Pero no exageremos: se calcula que los parisinos consumían entre 1781 y 1786, 121,76 litros de vino, 8,96 de cerveza y 2,73 de sidra por cabeza. Ésta ocupaba, pues, el último lugar, a mucha distancia de los demás. Tropieza también, por ejemplo en Alemania, con la competencia de la sidra de manzanas silvestres, brebaje de escasa calidad.

El éxito tardío del alcohol en Europa

En Europa (seguimos aún dentro de sus límites) la gran novedad, la revolución es la aparición del aguardiente y de los alcoholes de cereales, es decir: del alcohol. Puede decirse que el siglo XVI asistió a su nacimiento, el XVII a su desarrollo, y el XVIII a su divulgación.

El aguardiente se obtiene por destilación, la «quema» del vino. La operación exige un aparato, el alambique *(al,* artículo árabe, y *ambicos,* del griego, recipiente de cuello muy largo donde es posible destilar un licor), del que griegos y romanos no tuvieron más que el esbozo. Un solo hecho está fuera de duda: existen alambiques en Occidente antes del siglo XII, y, por tanto, existe la posibilidad de destilar todo tipo de licores alcohólicos. Pero durante mucho tiempo sólo practicaron la destilación del vino los boticarios. El aguardiente, resultado de la primera destilación, y más tarde el alcohol etílico, resultado de la segunda, y en principio «exento de toda humedad», se utilizaron como *medicamentos.* El alcohol quizá se descubrió de esta forma hacia el año 1100, en la Italia meridional, «donde la Escuela de medicina de Salerno fue el más importante centro de investigaciones químicas» de la época. Desde luego no se puede atribuir la primera destilación a Raimundo Lulio, muerto en 1315, ni a ese curioso médico itinerante, Arnau de Vilanova, que enseñó en Montpellier y en París, y murió en 1313 durante un viaje entre Sicilia y Provenza. Dejó una obra de hermoso título: *Conservación de la juventud.* Según él, el aguardiente, *aqua vitae,* realiza este milagro, disipa los humores superfluos, reanima el corazón, cura el cólico, la hidropesía, la parálisis, la cuartana; calma los dolores de muelas; perserva de la peste. Este milagroso medicamento le valió no obstante a Carlos el Malo, de triste memoria, una muerte terrible (1387): los médicos le habían envuelto en una sábana empapada en aguardiente que, para que hiciera más efecto, había sido cosida a grandes puntadas, aprisionando al paciente. Al querer romper uno de los hilos, un criado aproximó demasiado una vela; sábana y enfermo ardieron...

Durante mucho tiempo, el aguardiente se siguió utilizando como medicamento, en particular contra la peste, la gota y la afonía. Todavía en 1735, un *Tratado de química* afirmaba que «el alcohol etílico empleado oportunamente es una especie de panacea». No obstante, hacía ya mucho tiempo que se empleaba también para la fabricación de licores. Sin embargo, incluso en el siglo XV, los licores fabricados en Alemania por decocción de especias continuaron siendo productos farmacéuticos. El cambio no se hizo notar hasta los últimos años del siglo y los primeros del siguiente. En Nuremberg, en 1496, el aguardiente tuvo otra clientela además de los enfermos, puesto que la ciudad se vio obligada a prohibir la libre venta de alcohol en los días de fiesta. Un médico de la ciudad llegó incluso a escribir, hacia 1493: «Puesto que actualmente todo el mundo se ha acostumbrado a beber *aqua vitae,* se impone recordar la cantidad que se puede ingerir y que cada cual aprenda a beberla según sus capacidades, si se quiere comportar como un caballero». Por tanto, no cabe duda: en esta fecha había nacido ya el *geprant Wein,* el vino quemado, el *vinum ardens,* o, como dicen también los textos, el *vinum sublimatum.*

Pero el aguardiente fue saliendo poco a poco de la esfera de médicos y boticarios. En 1514, Luis XII concedía a la corporación de los vinagreros el privilegio de destilarlo. Esta medida equivalía a secularizar el medicamento. En 1537, Francisco I distribuyó el privilegio entre vinagreros y taberneros, provocando disputas que prueban que lo que estaba en juego valía ya la pena. En Colmar, el movimiento fue más precoz, la ciudad controló a los destiladores y comerciantes de aguardiente desde 1506 y el producto figuró desde entonces en sus relaciones fiscales y aduaneras. El aguardiente pronto adquiere caracteres de industria nacional, confiada en un principio a los toneleros, poderoso gremio en un país de prósperos viñedos. Pero como los toneleros realizaban negocios demasiado pingües, a partir de 1511, los comerciantes trataron de apoderarse de esta industria. Sólo lo lograrían cincuenta años más tarde. Continuó la querella puesto que, en 1650, los toneleros obtenían nuevamente el derecho a destilar, a condición, bien es verdad, de entregar la producción a los comerciantes. Todo ello nos permite observar que entre los comerciantes de aguardiente figuraban todos los nombres importantes del patriciado de Colmar y que este comercio ocupaba ya un lugar importante.

Por desgracia, poseemos pocas investigaciones de este tipo para esbozar una geografía y una cronología de la primera industria del aguardiente. Algunos datos relativos a la región de Burdeos hacen pensar que existió precozmente una destilería en Gaillac, en el siglo xvi, y que se enviaba aguardiente a Amberes a partir de 1521. Pero el hecho no es muy seguro. En Venecia, el *acquavite* no aparece, al menos en las tarifas aduaneras, hasta 1596. En Barcelona, no se conoce antes del siglo xvii. Pero aparte de estos indicios, parece claro que los países septentrionales, Alemania, Países Bajos, Francia al norte del Loira, fueron, en este terreno, más precoces que los países del Mediterráneo. El papel de inventores, o por lo menos de promotores, correspondió a los comerciantes y marineros de Holanda, que generalizaron en el siglo xvii, en la fachada atlántica de Europa, la destilación de vinos. Al ocuparse del comercio de vinos de mayor volumen de la época, tenían que enfrentarse con los múltiples problemas que planteaban el transporte, la conservación y el azucarado; se añadía aguardiente para dar cuerpo a los vinos más flojos. El aguardiente, de más valor que el vino a igual volumen, exige menos gastos de transporte (a lo que hay que añadir el gusto de la época...).

Al aumentar la demanda, y ya que el problema del transporte reviste menos importancia para el aguardiente que para el vino, la destilación de los vinos se va introduciendo cada vez más tierra adentro, en los viñedos del Loira, del Poitou, del alto Bordelais, del Périgord y del Béarn (el vino de Jurançon es una mezcla de vino y de aguardiente). Así nacieron en el siglo xvii, en respuesta a una demanda exterior, los excelentes coñac y armañac. Muchos factores contribuyeron a este éxito: las cepas (como, por ejemplo, el *Enrageant* o la *Folle Blanche* en

Charentes), los recursos madereros, la proximidad de las vías de navegación. Desde 1728, cerca de 27.000 barricas de aguardiente procedentes de la Elección de Cognac se expedían por el puerto de Tonnay-Charente. Se destilaba incluso el vino de mala calidad de las orillas del Mosa, en Lorena, a partir de 1690 (quizá antes), así como los orujos de uva, y todos esos productos eran exportados por vía fluvial a los Países Bajos. Pronto empezó a fabricarse aguardiente allí donde había materia prima. Surgió forzosamente en los países vinícolas del Mediodía: la comarca de Jerez, Cataluña, Languedoc.

La producción aumentó deprisa. Sète, en 1698, exportaba sólo 2.250 hl de aguardiente; en 1725, 37.500 hl (es decir la destilación de 168.750 hl de vino): en 1755, 65.926 hl (es decir 296.667 hl de vino), cifra récord en vísperas de la guerra de los Siete Años, catastrófica para la exportación. Al mismo tiempo bajaron los precios: 25 libras la *verge* (= 7,6 litros) en 1595; 12 en 1698; 7 en 1701; 5 en 1725; posteriormente hubo una lenta subida, a partir de 1731, que colocó nuevamente los precios en 15 libras, en 1758.

Desde luego, habría que tener en cuenta las diferentes calidades por encima del bajo límite que fija «la prueba de Holanda»: durante la destilación se tomaba una muestra en un frasco medio lleno. Se tapaba éste con el pulgar, se daba la vuelta y se agitaba: si el aire que penetraba formaba burbujas, burbujas de una forma determinada, el aguardiente tenía la graduación que le daba calidad comercial, es decir entre 47 y 50 grados. Si no cumplía este requisito, había que tirar lo destilado, o someterlo a nueva destilación. La calidad media se conocía con el nombre de tres-cinco, de 79 a 80 grados alcohólicos; la calidad superior, el tres-ocho es «el puro espíritu» de 92 ó 93 grados.

La fabricación seguía siendo difícil, artesanal; hasta los alambiques de Wigert (1773), que hicieron posible el enfriamiento continuo con doble corriente, el alambique sólo fue objeto de modificaciones empíricas e insuficientes. Pero hubo que esperar todavía las transformaciones decisivas que permitieron destilar el vino con una sola operación, así como las innovaciones aportadas por un inventor poco conocido, nacido en 1768, Édouard Adam: dichas innovaciones rebajaron el precio de coste y contribuyeron a la enorme difusión del alcohol en el siglo XIX.

Sin embago, el consumo crecía a un ritmo muy acelerado. Pronto se adoptó la costumbre de dar alcohol a los soldados antes de la batalla, lo que, según un médico de 1702, no producía «mal efecto». Es decir, que el soldado se convierte en un bebedor habitual y la fabricación del aguardiente, con este motivo, pasa a ser una industria de guerra. Un médico militar inglés llega incluso a asegurar (1763) que el vino y los licores alcohólicos tienden a suprimir las «enfermedades pútridas» y son, por tanto, indispensables para la buena salud de la tropa. También los cargadores de las Halles, hombres y mujeres, se habitúan a beber aguardiente rebajado con agua, pero reforzado con pimienta larga, procedimiento para combatir el impuesto sobre el vino instaurado a la entrada de París; de la misma manera proceden los clientes de los «fumaderos», tabernas populares frecuentadas con asiduidad por los obreros fumadores y, según se dice, perezosos.

Otra fuente de consumo la constituyen los alcoholes aromatizados, las *ratafías,* que hoy llamaríamos más bien licores. «Los espíritus inflamables, escribe el doctor Louis Lemery, en su *Traité des aliments,* tienen un sabor un poco agrio y empirreumático. [...] Para quitarles este sabor tan desagradable se han inventado varios compuestos, a los que se dio el nombre de ratafía, y que no son más que aguardiente o espíritu de vino al que se han mezclado diferentes ingredientes». En el siglo XVII se pusieron de moda estos licores. Gui Patin, siempre dispuesto a burlarse de los caprichos de sus contemporáneos, no olvida señalar el célebre *rosoli,* procedente de Italia: «Este *ros solis* [en latín, rocío del sol] nihil habet solare sed igneum», escribe. Pero los alcoholes suaves habían entrado definitivamente en las costumbres y desde finales de siglo, los buenos manuales burgueses, como *La Maison réglée,* consideraban que era su deber describir «el verdadero método para hacer toda clase de licores [...] a la moda italiana». En el siglo XVIII se venden en París innumerables mezcolanzas alcoholizadas: aguardiente de Sète, el de anís, el de franchipán, el aguardiente clarete (fabricado este último como el vino clarete, es decir, reforzado con especias maceradas), ratafías de frutas, el aguardiente de las Barbados, de azúcar y de ron, el aguardiente de apio, el de hinojo, el de mil flores, el de clavel, el aguardiente divino, el de café... El gran centro de fabricación de estos licores es Montpellier, cerca de los aguardientes del Languedoc. El gran cliente es, naturalmente, París. En la calle de la Huchette, los comerciantes de Montpellier organizaron un amplio almacén donde los taberneros se abastecían casi al por mayor. Lo que era un lujo en el siglo XVI, se había convertido en un artículo de uso corriente.

El aguardiente no fue el único en recorrer Europa y el mundo. En primer lugar, el azúcar de las Antillas dio lugar al ron, que tuvo gran éxito en Inglaterra, en Holanda y en las colonias inglesas de América, más aún que en el resto de Europa. Hay que admitir que se trataba de un adversario muy digno de respeto. En Europa, el aguardiente de vino se tuvo que enfrentar con los aguardientes de sidra (que dieron desde el siglo XVII el incomparable calvados), de pera, de ciruela, de cereza; el kirsch, procedente de Alsacia, de Lorena y del Franco-Condado, se utilizaba en París, hacia 1760, *como medicamento*; el marrasquino de Zara, célebre hacia 1740, era un monopolio de Venecia celosamente conservado. También resultaron adversarios temibles, aunque de menos calidad, el aguardiente de orujo y los alcoholes de grano: se decía entonces aguardiente de grano. Hacia 1690 comenzó la destilación del orujo de uva en Lorena. A diferencia de la del aguardiente, que exige un fuego lento, ésta exige fuego fuerte y, por tanto, grandes cantidades de madera. De ahí que desempeñara un importante papel la abundante madera de Lorena. Pero esta destilación se irá extendiendo poco a poco, siendo pronto el más reputado de todos el orujo de Borgoña, y teniendo todos los viñedos de Italia su *grappa*.

Los grandes competidores (un poco como la cerveza frente al vino) fueron los alcoholes de grano: *Kornbrand, vodka, whisky, ginebra* y *gin,* que aparecen al norte del límite «comercial» de la vid, sin que tengamos noticia exacta de su difusión. Su ventaja: un precio moderado. A comienzos del siglo XVIII, toda la sociedad londinense, de lo más alto a lo más bajo, se emborracha concienzudamente con gin.

Como es natural, a lo largo del límite norte de la vid se escalonan países de gustos mezclados: Inglaterra está abierta tanto al aguardiente del continente como al ron de América (empieza el éxito de punch), al mismo tiempo que bebe su whisky y su gin; el caso de Holanda es aún más complejo, pues se encuentra en la confluencia exacta de todos los aguardientes de vino y de los alcoholes de grano del mundo, sin exceptuar el ron de Curaçao y de Guayana. Todos estos alcoholes se cotizan en la Bolsa de Amsterdam: en cabeza el ron; después el aguardiente; muy distanciados de ellos, los alcoholes de granos. En Alemania, entre el Rin y el Elba existía también un doble consumo: en 1760, Hamburgo recibía de Francia 4.000 barricas de aguardiente de 500 litros cada una, es decir, unos 20.000 hl. Los países que consumían casi exclusivamente alcoholes de grano, sólo empiezan realmente más allá del Elba y alrededor del Báltico. En el año 1760, Lübeck no importaba más que 400 barricas de aguardiente francés, Königsberg 100, Estocolmo 100, Lübeck «muy poco aunque no es [...] más que para Prusia». Puesto que Polonia y Suecia, explica Savary, a pesar de no ser más «comedidas que las demás con esta ardiente bebida [...] prefieren los aguardientes de granos a los aguardientes de vino».

Europa, en todo caso, hizo su revolución del alcohol. Encontró en él uno de sus excitantes cotidianos, calorías a bajo precio, un lujo de fácil acceso, de brutales consecuencias. Y pronto el Estado, al acecho, sacará provecho de él.

El alcoholismo fuera de Europa

De hecho, todas las civilizaciones encontraron *su* o *sus* soluciones al problema de la bebida, en particular al de las bebidas alcohólicas. Toda fermentación de un producto vegetal produce alcohol. Los indios del Canadá lo consiguen con el extracto de arce; los mexicanos, antes y después de Cortés, con el *pulque* de las pitas que «emborracha como el vino»; los indios más miserables de las Antillas o de América del Sur obtienen alcohol a partir del maíz o de la mandioca. Incluso los ingenuos tupinambas de la bahía de Río de Janeiro que conoció Jean de Léry en 1556, tenían para sus fiestas un brebaje fabricado con mandioca masticada, y después fermentada. En otros lugares, el vino de palma no es sino una savia fermentada. El norte de Europa contó con savias de abedul, con cervezas de cereales, la Europa nórdica utilizó hasta el siglo XV el hidromiel (agua de miel fermentada); el Extremo Oriente poseyó pronto vino de arroz, obtenido preferentemente a partir del arroz glutinoso.

¿La posesión del alambique supuso una superioridad

para Europa, al poder fabricar distintos tipos de licores superalcohólicos: ron, whisky, Kornbrand, vodka, calvados, orujo, aguardiente, ginebra, ya que todos ellos pasan por el serpentín refrigerado del alambique? Para saberlo, habría que verificar el origen del aguardiente de arroz o de mijo de Extremo Oriente, averiguar si éste existió antes o después de la aparición del alambique de Occidente, que tuvo lugar aproximadamente en los siglos XI-XII.

Los viajeros europeos no nos dan la respuesta. Constatan la presencia del arac, el *arrequi,* a principios del siglo XVI, en el Argel de los corsarios. En Gujarat, el año 1638, un viajero, Mandelso, pretende que «el *terri* que extraen de las palmas... [es] un licor suave y muy agradable de beber», y añade: «Sacan del arroz, del azúcar y de los dátiles, el arac, que es una especie de aguardiente, mucho más fuerte y más agradable que el que se hace en Europa.» Para un médico experto como Kämpfer, el sake que bebió en Japón (1690) es una especie de cerveza de arroz, «tan fuerte como el vino español»; por el contrario, el *lau* que probó en Siam consistía en una especie de vino añejo, de *Branntwein,* junto al cual los viajeros señalan el *araka*. El vino chino era una «verdadera cerveza», fabricada a partir de «mijo gordo» o de arroz, dice una correspondencia de los jesuitas. A menudo se le añadían frutas «verdes, o confitadas, o secadas al sol»: de ahí proceden los nombres de «vinos de membrillo, de cerezas, de uvas». Pero los chinos bebían también un aguardiente «que ha pasado más de una vez por el alambique y que es tan fuerte que quema casi tanto como el espíritu del vino». Un poco más tarde, en 1793, George Staunton bebía en China «una especie de vino dorado», el vino de arroz, «así como aguardiente. Este último parecía de mejor fabricación que el vino, que era por lo general turbio, insulso y rápido en avinagrarse. El aguardiente era fuerte, transparente, y rara vez tenía un sabor empirreumático.» Era «a veces tan fuerte que su grado alcohólico superaba al del espíritu del vino». Finalmente, Gmelin, un alemán explorador de Siberia, nos da, aunque no antes de 1738, una descripción del alambique utilizado por los chinos.

Pero el problema radica en saber cuándo comenzó la destilación. Es casi seguro que la Persia sasánida conoció el alambique. Al Kindi, en el siglo IX, habla no sólo de la destilación de los perfumes sino que describe los aparatos utilizados a este efecto. Cita el alcanfor obtenido, como se sabe, a partir de la destilación de la madera de alcanforero. Ahora bien, pronto se fabrica el alcanfor en China. Por lo demás, nada impide pensar que ya se conociese el aguardiente en China hacia el siglo IX, como se podría deducir de dos poemas de la época de los Tangs que hablan del famoso *shao chiu* (vino quemado) de Sichuan en el siglo IX. Pero el problema no está totalmente resuelto puesto que, en la misma obra colectiva (1977) en que E. H. Schafer presenta esta primera aparición, M. Freeman sitúa a comienzos del siglo XII el desarrollo inicial de las técnicas de destilación, y F. W. Mote las señala como una novedad de los siglos XII o XIII.

Sería pues difícil establecer, en este tema, la prioridad de Occidente o de China. Quizá haya que atribuirle un origen persa, teniendo en cuenta que una de las palabras chinas para designar al aguardiente está calcada del árabe *araq*.

No se puede negar, por el contrario, que el aguardiente, el ron y el alcohol de caña fueron los regalos envenenados de Europa a las civilizaciones de América. Con toda probabilidad, lo mismo pasa con el *mezcal*, que proviene de la destilación de la pulpa de pita y que contiene un grado mayor de alcohol que el *pulque*, sacado de la misma planta. Los pueblos indios fueron altamente perjudicados por este alcoholismo al que se les inició. Parece claro que una civilización como la de la meseta de México, al perder sus antiguas costumbres y prohibiciones, se entregó sin reservas a una tentación que, desde 1600, había hecho estragos en ella. Baste pensar que el pulque llegó a producir al Estado, en Nueva España, la mitad de lo que le proporcionaban las minas de plata. Se trata además de una política consciente de los nuevos señores. En 1786, el virrey de México, Bernardo de Gálvez, elogia sus efectos y, observando la afición de los indios a la bebida, recomienda propaganda entre los apaches, al norte de México, que todavía la ignoraban. Además de los beneficios que se pueden obtener, no hay mejor manera de crearles «una nueva necesidad que les obligue a reconocer su dependencia forzosa de nosotros». Así habían procedido ya ingleses y franceses en América del Norte, propagando éstos, a pesar de todas las prohibiciones reales, el aguardiente y aquéllos el ron.

Chocolate, té y café

Europa, en el centro de las innovaciones del mundo, descubría prácticamente al mismo tiempo que el alcohol tres nuevas bebidas excitantes y tónicas: el café, el té y el chocolate. Las tres habían sido importadas de ultramar: el café es árabe (después de haber sido etíope), el té, chino y el chocolate, mexicano.

El chocolate llegó a España desde México, desde Nueva España, hacia 1520, en forma de barras y de tabletas. No debe extrañar el encontrarlo en los Países Bajos españoles un poco antes (1606) que en Francia, y la anécdota que representa a María Teresa de Austria (su matrimonio con Luis XIV se llevó a cabo en 1659) tomando chocolate en secreto, costumbre española a la que nunca pudo renunciar, parece verosímil. El verdadero introductor del chocolate en París parece haber sido, algunos años antes, el cardenal de Richelieu (hermano del ministro, arzobispo de Lyon, muerto en 1653). Es posible, pero el chocolate era considerado entonces a la vez como medicamento y como alimento: «He oído decir a uno de sus criados, relata más tarde un testigo, que [el cardenal] lo utilizaba para moderar los vapores del bazo, y que había obtenido este secreto de unas religiosas españolas que lo trajeron a Francia. Desde Francia, el chocolate llegó a Inglaterra hacia 1657.

Estas primeras apariciones fueron discretas, efímeras. Las cartas de Mme. de Sévigné cuentan que, según los días o las habladurías, el chocolate tan pronto hacía furor como caía en desgracia en la Corte. A ella misma le preocupaban los peligros del nuevo brebaje, que solía como muchos otros mezclar con leche. De hecho, habrá que esperar a la Regencia para que el chocolate se imponga. El regente hizo posible su éxito. Por aquella época, «ir a tomar el chocolate» era asistir al despertar del príncipe, gozar de su favor. En todo caso, no debe exagerarse este éxito. En París, en 1768, se nos dice que «los grandes lo toman algunas veces, los viejos a menudo, el pueblo jamás». El único país donde triunfó fue, en definitiva, España: los extranjeros se burlan del chocolate espeso, perfumado con canela, que tanto gustaba a los madrileños. Un comerciante judío, Aron Colace, cuya correspondencia se ha conservado, tenía pues buenas razones para instalarse en Bayona hacia 1727. Relacionado con Amsterdam y el mercado de los productos coloniales (concretamente el cacao de Caracas, que daba a menudo este sorprendente rodeo), controlaba, desde su ciudad, el mercado de la Península.

En diciembre de 1693, en Esmirna, Gemeli Careri ofrecía amablemente chocolate a un Aga turco: le pareció muy mal, «bien porque le hubiera emborrachado [cosa que dudamos], o porque el humo del tabaco hubiera producido ese efecto, pero en todo caso se enfureció contra mí diciendo que le había hecho beber un licor para turbarle y sacarle de sus cabales...».

El té vino de la lejana China, donde su uso se había extendido diez o doce siglos antes, por medio de los portugueses, de los holandeses y de los ingleses. El traslado fue largo y difícil: hubo que importar no sólo las hojas, las teteras y las tazas de porcelana, sino también la afición por esta exótica bebida que los europeos conocieron en primer lugar en la India, donde su uso estaba muy extendido. El primer cargamento de té debió llegar a Amsterdam hacia 1610, por iniciativa de la *Oost Indische Companie*.

El té —que se denomina, en los siglos XVII y XVIII, *théier* aunque esta palabra no llega a cuajar— procede de un arbusto cuyas hojas recoge el campesino chino. Las primeras, pequeñas y tiernas, dan el té imperial, tanto más estimado cuanto más pequeñas sean; posteriormente se las pone a secar, al calor del fuego (té verde), o a calor del sol: el té fermenta entonces y se ennegrece, resultando el té negro. Ambos son tratados a mano y reexpedidos en grandes cajas forradas de plomo o de estaño.

En Francia no aparece la nueva bebida hasta 1635 ó 1636, según Delamare, pero estaba todavía lejos de adquirir derecho de ciudadanía. Así se le hizo ver a un doctorando médico que, en 1648, presentó una tesis sobre el té: «Algunos de nuestros doctores la han quemado, escribe Gui Patin, y se le ha reprochado al decano el haberla aceptado. Si la vieran, se reirían.» Sin embargo, diez años después (1657), otra tesis, patrocinada por el canciller Séguier (también ferviente adepto al té), consagraba las virtudes de la nueva bebida.

En Inglaterra, el té negro llegó a través de Holanda y de los cafeteros de Londres que lo pusieron de moda hacia 1657. Samuel Pepys lo bebió por primera vez el 25 de septiembre de 1660. Pero la Compañía de las Indias orientales no comenzó a importarlo de Asia hasta 1669.

De hecho, el consumo de té sólo adquirió notoriedad, en Europa, en los años 1720-1730. Empieza entonces un tráfico directo entre Europa y China. Hasta entonces, la mayor parte de ese comercio se había llevado a cabo a través de Batavia, fundada por los holandeses en 1619; los juncos chinos transportaban allí sus cargamentos habituales y un poco de té de mala calidad, que era el único que podía conservarse, y, por tanto, soportar el largo viaje. Durante un breve intervalo de tiempo, los holandeses consiguieron no pagar en dinero el té de Fukien, sino canjearlo por fardos de salvia, siendo esta última utilizada también en Europa para preparar una infusión cuyos méritos medicinales eran elogiados. Pero no sedujo a los chinos; el té tuvo más éxito en Europa.

Muy pronto, los ingleses superaron a los holandeses. Las exportaciones, desde Cantón, en 1766, son las siguientes: en barcos ingleses, 6 millones de libras (peso); en barcos holandeses, 4,5; en barcos suecos, 2,4; en barcos franceses, 2,1; es decir, un total de 15 millones de libras, lo que equivale a unas 7.000 toneladas. Poco a poco se van organizando verdaderas flotas de té; cantidades cada vez mayores de hojas secas desembarcan en todos los puertos que poseían «muelles de Indias»: Lisboa, Lorient, Londres, Ostende, Amsterdam, Göteborg, a veces Génova y Livorno. El aumento de las importaciones es enorme: de 1730 a 1740 salen de Cantón 28.000 «pies» por año (un *picul* = aproximadamente 60 kg), de 1760 a 1770, 115.000; de 1770 a 1785, 172.000. E incluso si se sitúa, como hace George Staunton, el punto de partida en 1693, se podrá llegar a la conclusión de que un siglo más tarde se ha producido «un aumento de 1 a 400». En esa época, incluso los ingleses más pobres debían consumir 5 ó 6 libras de té al año. Otro dato termina de configurar este extravagante comercio: tan sólo una parte exigua de Europa oriental, Holanda e Inglaterra, acogía la nueva bebida. Francia consumía como mucho la décima parte de sus propios cargamentos. Alemania prefería el café. España era aún menos aficionada.

Cabe preguntarse si es verdad que en Inglaterra la nueva bebida relevó a la ginebra (cuya producción había desgravado el gobierno a fin de luchar contra las invasoras importaciones del continente). Y también si es verdad que constituyó un remedio contra la innegable embriaguez de la sociedad londinense en tiempos de Jorge II. Quizá la brusca imposición de un gravamen sobre la ginebra en 1751, junto a la subida general del precio de los granos, favorecieron al recién llegado, que contaba además con la reputación de ser excelente para curar los catarros, el escorbuto y las fiebres. Esto habría representado el fin de la «calle de la ginebra» de Hogarth. En cualquier caso, triunfó el té, y el Estado lo sometió a unas severas medidas fiscales (al igual que en las colonias de América, lo que supone más tarde un pretexto para la sublevación). Sin embargo, empezó a realizarse un increíble contrabando que afectaba a 6 ó 7 millones de libras que, todos los años, eran introducidas en el Continente por el mar del Norte, la Mancha o el mar de Irlanda. Todos los puertos participaban en este contrabando, así como todas las compañías de Indias, además de las altas finanzas de Amsterdam y de otros lugares.

Todo el mundo estaba involucrado, incluso el consumidor inglés.

En este panorama, que se refiere tan sólo al noroeste de Europa, falta un importante cliente: Rusia. En Rusia se conoció el té desde 1567, aunque su uso no se generalizó hasta el tratado de Nertchinsk (1689), y sobre todo hasta la aparición de la feria de Kiatka, al sur de Irkutks, mucho más tarde (1763). Leemos en un documento de finales de siglo (redactado en francés), en los archivos de Leningrado: «[Las mercancías] que los chinos traen [...] son unas cuantas telas de seda, algunos esmaltes, pocas porcelanas, una gran cantidad de esas telas de Cantón que llamamos *nankins* y que los rusos llaman *chitri*, y considerables cantidades de té verde. Es infinitamente superior al que Europa recibe a través de los mares inmensos, por lo que los rusos se ven obligados a pagarlo hasta a veinte francos la libra, aunque rara vez lo revenden a más de quince o dieciséis. Para resarcirse de esta pérdida, suben siempre los precios de sus pieles que constituyen casi la única mercancía que suministran a los chinos, pero esta artimaña les produce menos beneficios a ellos que al gobierno ruso, que percibe un impuesto de veinticinco por ciento sobre todo lo que se vende y sobre todo lo que se compra.» En todo caso, a finales del siglo XVIII, Rusia no llegaba a importar 500 toneladas de té. Estamos lejos de las 7.000 toneladas que consumía Occidente.

Para cerrar este capítulo sobre el té en Occidente, observemos que Europa tardó mucho en aprender a aclimatar la planta. Los primeros árboles de té no se plantaron en Java hasta 1827, y en Ceilán hasta 1877, precisamente con motivo de los estragos que destruyeron casi en su totalidad los cafetales de la isla.

Este éxito del té en Europa, incluso limitado a Rusia, a los Países Bajos y a Inglaterra, constituye una inmensa innovación, pero pierde parte de su importancia si se considera a escala mundial. La hegemonía del té se sitúa hoy en China, el mayor productor y consumidor de té. El té desempeña la función de una planta de alta civilización, como la vid a orillas del Mediterráneo. Ambos, vid y té, tienen su propia área geográfica, donde su cultivo, muy antiguo, ha ido transformándose y perfeccionándose poco a poco. Son necesarios, en efecto, minuciosos y reiterados cuidados para satisfacer las exigencias de generaciones de expertos consumidores. El té, conocido en Sichuan antes de nuestra era, conquistó el conjunto de China en el siglo VIII y los chinos, nos dice Pierre Gourou, «han refinado su paladar hasta el punto de saber distinguir entre las diferentes cosechas de té y establecer una sutil jerarquía. [...] Todo ello recuerda curiosamente la viticultura del otro extremo del Viejo Mundo, resultado también de progresos milenarios realizados por una civilización de campesinos sedentarios.»

Toda planta de civilización da origen a rigurosas servidumbres. Preparar el suelo de las plantaciones de té, sembrar los granos, talar los árboles para mantener su forma de arbustos, en lugar de que crezcan como árboles, «lo que son en estado salvaje»; recolectar delicadamente las hojas; someterlas a tratamiento el mismo día;

secarlas de forma natural o con calor artificial; enrollarlas, volverlas a secar... En Japón, estas dos últimas operaciones pueden repetirse seis o siete veces. Entonces, ciertas calidades de té (la mayor o menor finura del producto depende de las variedades, del suelo. aún más de la estación en que se hayan recolectado, al ser mucho más perfumadas las jóvenes hojas primaverales que las demás, y, por último del tratamiento que diferencia los tés verdes de los tés negros) pueden venderse a precio de oro. Para conseguir ese té en polvo que se disuelve en agua hirviendo (en vez de una simple infusión), según el antiguo método chino olvidado en la propia China, y que se reserva para la célebre ceremonia del té, el Cha-no-yu, los japoneses utilizan los mejores tés verdes. La ceremonia aludida es tan complicada, dice un memorial del siglo XVIII, que para aprender bien su arte «se necesita en ese país un maestro, al igual que se necesita en Europa para aprender a bailar con perfección, a hacer la reverencia, etc.».

Porque el té, claro está, tiene sus ritos, al igual que el vino, como toda planta de civilización que se precie. Incluso en las casas pobres de China y Japón, siempre hay agua hirviendo lista para el té, a cualquier hora del día. Es impensable recibir a un huésped sin una taza de té, y en las casas chinas acomodadas «hay para ello, se nos informa en 1762, instrumentos muy cómodos, como una mesa adornada [la mesa baja tradicional], un hornillo al lado, cofres con cajones, tazones, tazas, platos, cucharillas, azúcar cande en terrones del tamaño de avellanas que se mantienen en la boca mientras se bebe el té, procedimiento que altera poco el sabor de éste y permite consumir menos azúcar. Todo ello va acompañado de diferentes confituras, tanto secas como líquidas, dándose mucha más maña los chinos para hacerlas delicadas y sabrosas que los confiteros de Europa. Añadamos no obstante que, según los viajeros del siglo XIX, en el norte de China, donde el té crece mal, «las gentes de baja clase social consideran un lujo y sorben el agua caliente con el mismo placer con el que las personas acomodadas toman su infusión de té verde: se contentan con darle el nombre de té». Quizá es la costumbre social del té la que propaga el extraño sucedáneo del agua caliente. A lo mejor se trata tan sólo de la norma, existente en China y Japón, de beber todo caliente: el té, el sake, el alcohol de arroz o de mijo, e incluso el agua. El P. de Las Cortes, al beber una taza de agua fría, deja estupefactos a los chinos que le rodean y que intentan disuadirle de una práctica tan peligrosa. «Si los españoles, tan aficionados a tomar en todas las estaciones bebidas heladas, dice un libro muy razonable (1762), hicieran como los chinos, no verían reinar tantas enfermedades entre ellos, ni tanta rigidez y sequedad en su temperamento.»

El té, bebida universal de China y de Japón, se extendió, aunque de una manera menos general, al resto de Extremo Oriente. Para largos viajes, se le preparaba en pequeños bloques compactos que caravanas de yacs transportaban al Tíbet, desde tiempos muy antiguos, a partir del Yangsekiang, por el camino más horrible que pueda haber en el mundo. Hasta la instalación del ferrocarril, eran caravanas de camellos las que transportaban las tabletas de té a Rusia, y éstas son todavía hoy de consumo habitual en ciertas regiones de la URSS.

También tuvo mucho éxito el té en el Islam. En Marruecos, el té con menta muy azucarado se ha convertido en la bebida nacional, pero no llegó hasta el siglo XVIII, introducido por los ingleses. No se generalizó hasta el siglo siguiente. En el resto del Islam, conocemos mal sus itinerarios. Hay que señalar que los éxitos del té se han registrado todos ellos en países que ignoran la vid: el norte de Europa, Rusia y el Islam. Quizá haya que concluir que estas plantas de civilización se excluyen una a otra. Así lo creía Ustáriz al declarar, en 1724, que no temía la extensión del té en España puesto que el Norte sólo lo utilizaba «para suplir la escasez de vino». Y a la inversa, ya que los vinos y alcoholes de Europa tampoco conquistaron el Extremo Oriente.

La historia del café puede inducirnos a error. Lo anecdótico, lo printoresco, lo inseguro, ocupan en ella un lugar enorme.

Se decía en el pasado que el cafeto era quizá originario de Persia, y más probablemente de Etiopía; en todo caso, cafeto y café no se encuentran antes de 1450. En esta fecha, se bebía café en Adén. Llega a La Meca antes de finales de siglo, pero en 1511 se prohíbe su consumo, así como, una vez más, en 1524. En 1510, se señala su presencia en El Cairo. Lo encontramos en Estambul en 1555; desde entonces, a intervalos regulares, será tan pronto prohibido como autorizado. Mientras tanto se va extendiendo por todo el Imperio turco, llega a Damasco, a Alepo y a Argel. Antes de acabar el siglo, el café está muy arraigado en casi todo el mundo musulmán. Pero, en la India islámica es todavía muy poco frecuente en tiempos de Tavernier.

Los viajeros occidentales hallaron el café, y a veces el cafeto, en los países del Islam. Tal es el caso de un médico italiano, Prospero Alpini, que vivió en Egipto hacia 1590, y de un viajero fanfarrón, Pietro della Valle, en Constantinopla, en 1615: «Los turcos, escribe este último, tienen también un brebaje de color negro que durante el verano resulta muy refrescante, mientras que en invierno calienta mucho, sin cambiar no obstante la naturaleza y bebiéndose en ambos casos caliente. [...] Se bebe a grandes tragos, no durante la comida, sino después, como una especie de golosina, y también a pequeños sorbos, para conversar a gusto en compañía de los amigos. Siempre que se reúnen lo toman. Con este fin se mantiene encendido un gran fuego al lado del cual están preparadas unas tacitas de porcelana, llenas de este líquido, y cuando está bastante caliente hay hombres dedicados exclusivamente a servirlo, lo más caliente posible, a todos los presentes, dando a cada cual también unas pepitas de melón para que se entretenga en masticarlas. Y con las pepitas y este brebaje al que llaman Cahué, se distraen conversando [...] a veces por espacio de siete u ocho horas.»

El café llegó a Venecia 1615. En 1644, un comerciante de Marsella, La Roque, trajo los primeros granos a su ciudad, junto a valiosas tazas y cafeteras. En 1643, la nueva droga aparecía en París, y quizá en 1651 en Londres. Pero todas estas fechas no se refieren más que a una primera llegada furtiva, y no a los comienzos de la notoriedad o de un consumo público.

De hecho, fue en París donde se le deparó la acogida que hizo posible su éxito. En 1669, un embajador turco, arrogante pero hombre de mundo, Solimán Mustafá Raca, celebró muchas recepciones en las que ofrecía café a sus visitantes parisinos: la embajada fracasó, pero el café triunfó. Al igual que el té, tenía fama de ser un medicamento maravilloso. Un tratado sobre *L'Usage du caphé, du thé et du chocolate* que apareció en Lyon, en 1671, sin nombre de autor, obra quizá de Jacob Spon, especificaba todas las cualidades que se atribuían al nuevo brebaje, «que deseca todo humor frío y húmedo, expulsa los vientos, fortifica el hígado, alivia a los hidrópicos por su naturaleza purificadora; resulta también excelente contra la sarna y la corrupción de la sangre; refresca el corazón y el latido vital de éste, alivia a los que tienen dolores de estómago y a los que han perdido el apetito; es igualmente bueno para las indisposiciones de cerebro frías, húmedas y penosas. El humo que desprende es bueno contra los flujos oculares y los zumbidos de oídos; resulta excelente también para el ahogo, los catarros que atacan al pulmón, los dolores de riñón y las lombrices, es un alivio extraordinario después de haber bebido o comido en exceso. No hay nada mejor para los que comen mucha fruta.» No obstante, otros médicos y la opinión pública pretendían que el café era un anafrodisiaco, que era una «bebida de castrados».

Gracias a esta propaganda y a pesar de las acusaciones, el uso del café se generaliza en París. Durante los últimos años del siglo XVII aparecen los comerciantes ambulantes, armenios vestidos a la turca y con turbantes, llevando ante sí la cesta con la cafetera, el infiernillo encendido y las tazas. Hatariun, un armenio conocido con el nombre de Pascal, abría en 1672 el primer establecimiento en el que se vendió café, en uno de los puestos de la feria de Saint-Germain, que se instalaba desde hacía siglos cerca de la abadía de la que dependía, en el emplazamiento de las actuales calles del Four y de Saint-Sulpice. Los negocios de Pascal no marcharon bien, y se trasladó a la orilla derecha, al Quai de l'École du Louvre, donde durante cierto tiempo contó con la clientela de algunos levantinos y caballeros de Malta. Se trasladó más tarde a Inglaterra. A pesar de su fracaso, se abrieron otros cafés. Como por ejemplo, también por iniciativa de un armenio, el de Maliban, primero en la calle de Buci, más tarde trasladado a la calle Férou. El más célebre, de concepción ya moderna, fue el de Francesco Procopio Coltelli, antiguo mozo de Pascal, nacido en Sicilia en 1650 y que más tarde se hizo llamar Procope Couteau. Se había instalado primero en la feria de Saint-Germain, después en la calle de Tournon, y por último pasó, en 1686, a la calle Fossés-Saint-Germain. Este tercer café, el *Procope* —todavía existe hoy—, se encontraba cerca del centro elegante y dinámico de la ciudad, que entonces era la glorieta de Buci, o mejor aún el Pont-Neuf (antes de que lo fuera, en el siglo XVIII, el Palais-Royal). Apenas abierto, tuvo la suerte de que la Comédie Française viniera a instalarse frente a él en 1688. La habilidad del siciliano acabó de coronar su éxito. Tiró los tabiques de dos casas contiguas, puso en las paredes tapices, espejos, en el techo arañas, y sirvió no sólo café, sino también frutas confitadas y licores. Su establecimiento se convirtió en el lugar de cita de los desocupados, de los charlatanes, de los buenos conversadores, de los hombres ingeniosos (Charles Duflos, futuro secretario de la Academia francesa, fue uno de los pilares de la casa), de las mujeres elegantes: el teatro estaba cerca y Procope tenía un palco en el que hacía servir refrescos.

El café moderno no podía ser únicamente privilegio de un barrio o de una calle. Además el movimiento de la ciudad va quitando importancia poco a poco a la orilla izquierda en beneficio de la orilla derecha, más dinámica, como demuestra un escueto mapa de los cafés parisinos en el siglo XVIII, en total entre 700 y 800 establecimientos. Se confirma entonces el éxito del Café de la Régence, fundado en 1681 en la plaza del Palais-Royal (al agrandarse ésta, se trasladó hasta su actual emplazamiento en la calle de Saint-Honoré). Poco a poco, las tabernas fueron siendo desplazadas por el éxito de los cafés. La misma moda imperaba en Alemania, en Italia y en Portugal. En Lisboa, el café, que procedía de Brasil, era barato, así como el azúcar molido que se utilizaba en tales cantidades que, según cuenta un inglés, las cucharas se sostenían de pie en las tazas.

Además el café, brebaje de moda, no iba a mantenerse como bebida tan sólo de los elegantes. Mientras todos los precios subían, la producción sobreabundante de las islas mantenía más o menos estable el coste de la taza de café. En 1782, Le Grand d'Aussy explica que «el consumo se ha triplicado en Francia; no hay casa burguesa, añade, en la que no se sirva café; no hay aprendiza, cocinera ni doncella que no desayune, por la mañana, café con leche. En los mercados públicos, en ciertas calles y pasajes de la capital, se instalan mujeres que venden al populacho lo que llaman café con leche, es decir, leche de mala calidad coloreada con posos de café que han comprado a los servidores de las casas ricas o en los almacenes de café. Llevan este licor en un recipiente de hojalata, provisto de un grifo para servirlo y de un hornillo para calentarlo. Cerca del puesto había, por lo general, un banco de madera. De repente se ve llegar, con sorpresa, a una mujer de las Halles o a un mozo de cuerda que piden café. Se les sirve en unas de esas grandes tazas de loza a las que llaman *génieux*. Estos dignos personajes toman el café de pie, con su fardo a la espalda a menos que, por un refinamiento de voluptuosidad, decidan depositar su carga en el banco y sentarse. Desde mi ventana que da al hermoso Quai [el Quai del Louvre, cerca de Pont Neuf], veo a menudo este espectáculo en una de las barracas de madera construidas desde el Pont Neuf hasta cerca del Louvre. Y a veces he visto escenas que me han hecho lamentar el no ser Teniers o Callot.»

Digamos, para enmendar este cuadro pintado por un horrible burgués de París, que el espectáculo más pintoresco o, mejor dicho, el más conmovedor, es quizá el que ofrecen las vendedoras ambulantes, en las esquinas, cuando los obreros se dirigen al despuntar el día hacia su trabajo: llevan cargado a la espalda el recipiente de hojalata y sirven el café con leche «en cuencos de barro por dos sueldos. No abunda el azúcar...». El éxito es, sin embargo, enorme; los obreros «han encontrado más económico, con más recursos y más sabor, este alimento que cualquier otro. En consecuencia, lo beben en cantidades prodigiosas y dicen que les suele ayudar a mantenerse en pie hasta la noche. Por tanto, no realizan ya más que dos comidas, la más importante a mediodía, y la de la noche...» que consiste en unas lonchas de carne fría aderezadas con aceite, vinagre y perejil.

El hecho de que, desde mediados del siglo XVIII, aumentara tanto el consumo de café, y no sólo en París y en Francia, se debe a que Europa organizó desde entonces, por sí misma, su producción. Mientras el mercado mundial dependió tan sólo de los cafetales de Moka, en Arabia, las importaciones europeas habían sido forzosamente limitadas. Ahora bien, en 1712 ya se habían plantado cafetos en Java; en 1716, en la isla de Borbón (la Reunión); en 1722, en la isla de Cayena (atravesó, pues, el Atlántico); en 1723-1730 en la Martinica; en 1730 en Jamaica; en 1731 en Santo Domingo. Estas fechas no son las de producción. Las importaciones de café de las islas a Francia comienzan en 1730. Fue necesario que los cafetales crecieran y se multiplicaran. En 1731, el P. Charlevoix lo explica: «Nos enorgullece ver el café enriquecer nuestra isla [Santo Domingo]. El árbol que lo produce está ya tan hermoso [...] como si fuera natural del país, pero hay que darle tiempo para aclimatarse». El café de Santo Domingo, último en llegar a los mercados, fue también el menos cotizado y el más abundante de todos: unos sesenta millones de libras de producción en 1789, mientras que el consumo de Europa, cincuenta años antes, era quizá de 4 millones de libras. El moka sigue en cabeza en lo que a calidad y precios se refiere, después los cafés de Java y de la isla de Borbón (la buena calidad: «grano pequeño y azulado como el de Java»), luego los productos de la Martinica, de Guadalupe y, por último, de Santo Domingo.

Hay que tomar, no obstante, ciertas precauciones para no aumentar las cifras de consumo: así nos invita a hacerlo cualquier control relativamente preciso. En 1787, Francia importaba unas 38.000 toneladas de café, reexportaba 36.000 y París conservaba, para su propio uso, un millar de toneladas. Algunas ciudades de provincia no habían adoptado todavía la nueva bebida. En Limoges, los burgueses no bebían café más que «como medicamento». Tan sólo ciertas categorías sociales —como los jefes de postas del norte— seguían la moda.

Se impone, pues, indagar las posibles clientelas. A través de Marsella, el café de la Martinica conquista el Levante después de 1730, a expensas del café de Arabia. La Compañía holandesa de las Indias, que abastece de café a Persia y a la India musulmana, que habían permanecido fieles al moka, hubiera querido colocar allí sus excedentes de Java. Si se añaden a los 150 millones de europeos los 150 millones de musulmanes, hay, no obstante, en el siglo XVIII, un mercado virtual de 300 millones de personas, la tercera parte quizá de la población mundial, que beben café, o son susceptibles de beberlo. Como es lógico, el café, al igual que el té, se ha convertido en una «mercancía real», en un medio de enriquecerse. Un activo sector del capitalismo está interesado en su producción, su difusión y su éxito. De ahí que produjera un importante impacto en la vida social y cultural de París. El café (establecimiento en el que se sirve la nueva bebida) se convierte en el lugar de cita de los elegantes, de los ociosos y también en el refugio de los pobres. «Hay personas, escribe Sébastien Mercier (1782), que llegan al café hacia las diez de la mañana para no salir hasta las once de la noche [es la hora obligatoria de cierre que controla la policía]; cenan una taza de café con leche, y toman a última hora una *bavaroise*».

Una anécdota muestra la lentitud del progreso popular del café. Momentos antes de la ejecución de Carrouche (29 de noviembre de 1721), el procurador, que estaba bebiendo café con leche, ofreció al reo una taza: «Respondió que no le gustaba esa bebida y que prefería un vaso de vino, con un poco de pan».

Los estimulantes: el triunfo del tabaco

Numerosas fueron las diatribas contra las nuevas bebidas. Hubo quien escribió que a Inglaterra la arruinarían sus posesiones de Indias, en definitiva por «el estúpido lujo del té». Sébastien Mercier, en el paseo moral —¡y tan moral!— que realiza por el París del año 2440, es guiado por un «sabio» que le dice con firmeza: «Hemos rechazado tres venenos que usabais continuamente: tabaco, café y té. Aspirabais un desagradable polvo que os privaba de la memoria, a vosotros franceses que teníais tan poca. Os quemabais el estómago con licores que lo destruyen, acelerando su acción. Las enfermedades nerviosas, que padecíais de forma tan habitual, se debían a esos aguachirles que acababan con el jugo nutricio de la vida animal»...

En realidad, toda civilización necesita unos lujos alimentarios y una serie de estimulantes, de excitantes. En los siglos XII y XIII surgió la locura de las especias y de la pimienta; en el siglo XVI, el primer alcohol; después, el té, el café, sin contar el tabaco. Los siglos XIX y XX tendrán también sus nuevos lujos, sus drogas beneficiosas o nefastas. En cualquier caso, nos gusta ese texto fiscal veneciano que a principios del siglo XVIII, de manera razonable y no carente de humor, precisa que la tasa sobre las *acque gelate,* el café, el chocolate, el *«herba té»* y demás *«bevande»* se extiende a todas las cosas semejantes, *«inventate,* o *da inventarsi»,* inventada o por inventar. Claro está que Michelet exagera al ver en el café, ya durante la Regencia, la bebida de la Revolución, pero los historiadores prudentes exageran también cuando hablan del Gran Siglo y del siglo XVIII olvidando la crisis de la carne, la revolución del alcohol y, siempre con una erre minúscula, la revolución del café.

¿Se trata, por nuestra parte, de un error de perspectiva? Creemos que con el agravamiento —no por lo menos con el mantenimiento— de dificultades alimentarias muy serias, la humanidad necesitó compensaciones, de acuerdo con una regla constante de su vida.

El tabaco es una de esas compensaciones. Pero, ¿cómo

clasificarlo? Louis Lemery, «doctor regente de la Facultad de Medicina de París, de la Real Academia de Ciencias», no vacila en hablar de él en su *Traité des Aliments* (1702), precisando que la planta puede «aspirarse, fumarse o masticarse». Habla también de las hojas de coca, parecidas a las del mirto, que «aplacan el hambre y el dolor y confieren fuerzas», pero no habla de la quina, aunque alude al opio, consumido más aún entre los turcos que en Occidente, droga de «uso peligroso». Lo que se le escapa es la inmensa aventura del opio de la India a Insulindia, en una de las líneas fundamentales de la expansión del Islam, incluso hasta China. En este terreno, el gran viraje se iniciará después de 1765, tras la conquista de Bengala, con el monopolio establecido entonces en beneficio de la *East India Company* sobre los campos de adormideras, antigua fuente de ingresos del Gran Mogol. Realidades que, como es natural, Louis Lemery ignora en esos primeros años del siglo. Tampoco conoce el cáñamo indio. Ya sean estupefacientes, alimentos o medicamentos, se trata de grandes personajes, destinados a transformar y a trastocar la vida cotidiana de los hombres.

Hablemos tan sólo del tabaco. Entre los siglos XVI y XVII, va a apoderarse del mundo entero, siendo su éxito todavía mayor que el del té o el del café, lo que no es poco decir.

El tabaco es una planta originaria del Nuevo Mundo: al llegar a Cuba, el 2 de noviembre de 1492, Colón observa que hay indígenas que fuman unas hojas enrolladas de tabaco. La planta había de pasar a Europa con su nombre (o caribe, o brasileño), constituyendo durante largo tiempo tan sólo una curiosidad de los jardines botánicos, o siendo conocida por las virtudes medicinales que se le adjudican. Jean Nicot, embajador del cristianísimo rey de Francia en Lisboa (1560), envía a Catalina de Médicis polvo de tabaco para aliviar la jaqueca, siguiendo en esto costumbres portuguesas. André Thevet, otro introductor en Francia de la planta, asegura que los indígenas del Brasil la utilizan para eliminar los «humores superfluos del cerebro». Como era de esperar, en París un tal Jacques Gohory (†1756) le atribuyó, durante un corto espacio de tiempo, las virtudes de un remedio universal.

La planta, cultivada en España desde 1558, se difundió pronto en Francia, en Inglaterra (hacia 1565), en Italia, en los Balcanes y en Rusia. Se encontraba en 1575 en Filipinas, habiendo llegado con el «galeón de Manila»; en 1588 en Virginia, donde su cultivo no conoció su primer auge hasta 1612; en Japón hacia 1590; en Macao desde 1600; en Java en 1601; en la India y en Ceilán hacia 1605-1610. Esta difusión es tanto más notable cuanto que el tabaco, en sus orígenes, carecía de un mercado productor, entiéndase de una civilización, como la pimienta en sus lejanos principios (la India), como el té (China), como el café (el Islam), incluso como el cacao, que contó con el apoyo, en Nueva España, de un «cultivo» de alta calidad. El tabaco procedía de los «salvajes» de América; fue, pues, necesario asegurar la producción de la planta antes de gozar de sus beneficios. Pero, ventaja incomparable, tenía una gran capacidad de adaptación a los diferentes climas y a los diversos suelos, y una pequeña parcela de tierra producía una sustanciosa cosecha. En Inglaterra se difundió particularmente deprisa entre los pequeños campesinos.

La historia del tabaco comercializado no se esboza antes de los primeros años del siglo XVII en Lisboa, Sevilla y sobre todo en Amsterdam, aunque el éxito del rapé comenzara por lo menos en 1558 en Lisboa. Pero de las tres maneras de utilizar el tabaco (aspirar, fumar y mascar), las dos primeras fueron las más importantes. El «tabaco en polvo» pronto fue objeto de diferentes manufacturas, según los ingredientes que se le añadían: almizcle, ámbar, bergamota, azahar. Hubo tabaco «al estilo de España», «con perfume de Malta», «con perfume de Roma», «las damas ilustres tomaban tanto rapé como los grandes señores». No obstante, aumentaba el éxito del «tabaco de fumar»: durante mucho tiempo se utilizó la pipa; después aparecieron los puros (las hojas enrolladas «de la longitud de una vela» fumadas por los indígenas de la América hispánica no fueron inmediatamente imitadas en Europa, salvo en España, donde Savary señala la presencia poco corriente de esas hojas de tabaco cubano «que se fuman sin pipas, enrollándolas en forma de cucuruchos»); y finalmente los cigarrillos. Esos últimos aparecieron sin duda en el Nuevo Mundo puesto que una memoria francesa de 1708 señala «la cantidad infinita de papel» importada de Europa para «los pequeños rollos donde envuelven el tabaco picado para fumarlo». El cigarrillo se difundió desde España durante las guerras napoleónicas: entonces se extendió la costumbre de enrollar el tabaco en un papel de pequeño formato, un *papelito*. Posteriormente, el *papelito* llega a Francia, donde cuenta con el apoyo de la juventud. Mientras tanto el papel se había ido aligerando y el cigarrillo se utilizó ya de forma habitual en la época de los románticos. George Sand, refiriéndose al médico que trató a Musset en Venecia, exclama: «Todas sus pipas valen menos que uno de mis cigarrillos.»

Conocemos los primeros usos del tabaco por las severas prohibiciones de los gobiernos (antes de que se percataran de las grandes posibilidades de entradas fiscales que el tabaco ofrecía: la recaudación de impuestos sobre el tabaco se organiza en Francia en 1674). Estas prohibiciones dieron la vuelta al mundo: Inglaterra 1604, Japón 1607-1609, Imperio otomano 1611, Imperio mongol 1617, Suecia y Dinamarca 1632, Rusia 1634, Nápoles 1637, Sicilia 1640, China 1642, Estados de la Santa Sede 1642, Electorado de Colonia 1649, Wurtemberg 1651. Resultaron, desde luego, letra muerta, en particular en China, donde fueron renovadas hasta 1776. Desde 1640, en el Cheli, el uso del tabaco se había generalizado. En el Fukien (1644), «todo el mundo lleva una larga pipa en la boca, la enciende, aspira y exhala el humo». Se plantó tabaco en grandes regiones y se exportó desde China a Siberia y Rusia. Al terminarse el siglo XVIII, todo el mundo fumaba en China, tanto los hombres como las mujeres, tanto los mandarines como los miserables, y «hasta los chiquillos de dos palmos. ¡Qué deprisa cambian las costumbres!», exclama un erudito del Chekiang. Lo mismo ocurría en Corea desde 1668, habiéndose importado el cultivo del tabaco de Japón hacia 1620. Pero en Lisboa, en el siglo XVIII, también los niños tomaban rapé. Todos los tabacos, todas las maneras de utilizarlos, eran conocidos y aceptados en China, incluido, desde el siglo XVII, a partir de Insulindia y de Formosa y por mediación de la *Oost Indische Companie*, el consumo de un tabaco mezclado con opio. «La mejor mercancía que se puede transportar a las Indias orientales, repite un aviso de 1727, es el tabaco en polvo, tanto el de Sevilla como el de Brasil». En todo caso, el tabaco no cayó en desgracia ni en China ni en la India, como ocurrió en Europa (exceptuando el rapé) durante un corto período de tiempo sobre el que tenemos poca información, en el siglo XVIII. Esta caída en desgracia, obviamente, fue relativa: las gentes acomodadas de San Petersburgo y todos los campesinos de Borgoña fumaban en esa época. Ya en 1723, el tabaco de Virginia y de Maryland que Inglaterra importaba, para reexportar por lo menos dos terceras partes a Holanda, Alemania, Suecia y Dinamarca, ascendía a 30.000 barricas al año y movilizaba 200 buques.

En todo caso, se fue acrecentando la costumbre de fumar en África y el éxito que allí tuvieron las grandes cuerdas de tabaco negro, de tercera calidad, pero recubiertas de melaza, animó hasta el siglo XIX un tráfico dinámico entre Bahía y el golfo de Benin, donde se mantuvo una trata negrera clandestina hasta aproximadamente 1850.

«Bebidas y excitantes» forma parte del tomo 1 («Las estructuras de lo cotidiano») de *Civilización material, economía y capitalismo, siglos* XV-XVIII, publicado como obra singular en Alianza Editorial.

Otras obras del autor en Alianza Editorial:

La historia y las ciencias sociales (LB 139)
Escritos sobre la historia (AU 678)
La dinámica del capitalismo (LS 2)
Civilización material, economía y capitalismo (GOH)